Dumm gelaufen

Endlich!!! Uuuurlaub!!! Das Lächeln in ihrem Gesicht hörte gar nicht wieder auf zu strahlen. Wie ein Eisbär der auf Packeis Samba tanzt, freute sie sich unbändig und tanzte durchs Zimmer. Die Vorfreude prickelte zart auf der Haut und ein wohliger Schauer hüllte sie ein. Für drei Wochen in eine Ferienwohnung wechseln. Zu Hause fiel ihr langsam aber sicher die Decke auf den Kopf. Alles war öde, trocken, schon beim Aufstehen verstaubt, dagegen waren verwehte Wüstendünen ein üppiges staubfreies All-inclusiv-Spa-Hotel. Also raus aus dem üblichen Trott und hinein in eine andere Stadt, andere Luft, andere Menschen, andere Welt.

Bewusst hat sie sich ein nettes beschauliches Quartier gesucht. Nicht zu laut, nicht zu belebt, aber auch nicht zu leise, nicht zu verschlafen. Als sie das Haus verließ traf sie ihre Nachbarin, die für diese drei Wochen ihre Blumen versorgte. Fröhlich erzählte sie, dass es nun losgeht und winkte ihr noch einmal zu. Auf der Autobahn fuhr seit längerem ein Auto direkt hinter ihr. Sie grinste, weil es das Kennzeichen war, wo sie ihren Urlaub auskosten wird und überholte wohl nicht, um die Fahrt genauso zu genießen wie sie. Die Erklärung schien ihr am Einleuchtendsten zu sein. Am frühen Vormittag traf sie an der Wohnung zum vereinbarten Zeitpunkt ein, um den Schlüssel zu erhalten. Ausnahmsweise war sie überpünktlich, meistens kam sie auf die letzte Minute, man kann auch nett ausformulieren, heute war sie mal nicht zu spät und hatte das Glück, eine Parklücke direkt vorm Haus zu finden. Sie stieg aus dem Auto, setzte statt der Sonnenbrille ihr Basecap auf, damit ihr Gegenüber ihre Augen sah und sie trotzdem die Augen vor der Sonne schützte. Das Auto hinter ihr hatte weniger Glück und fuhr langsam an den geparkten Autos und ihr vorbei, drehte und fuhr noch einmal vorbei. Ein Mann etwas älter als sie selbst, mit grauen Schläfen, einem fein geschnittenem Gesicht, mit sehr interessanten Gesichtszügen und wachen Augen in denen die Neugier auf das Leben aufblitzte, als er sie sah und auf sie zutrat, umspielte ein feines, leicht ironisch wirkendes Lächeln seine Mundwinkel. Er nannte seinen Namen, sagte, dass seine Nachbarin verhindert war, deshalb er ihr die Schlüssel gab und nach dem üblichen Smalltalk erklärte er einiges zu den Gepflogenheiten in Bezug auf diese Wohnung. Sie bemerkte, dass er sie interessiert musterte oder vielleicht eher ein wenig neugierig begutachtete, was aber weder aufdringlich noch unangenehm rüberkam. Im Gegenteil sie genoss diese ungeteilte Aufmerksamkeit, fand ihn trotz ironisch anmutenden Lächeln recht sympathisch und schmunzelte in sich hinein. Kokett blitzte der Schalk in ihren Augen, mit einem lächelndem Zwinkern in der Stimme fragte sie kess:

„Und? Habe ich den Gutachter-Test bestanden und bekomme ich jetzt auch die TÜV-Plakette? Mit honigsüßem entwaffnendem Lächeln: „Lassen Sie mich kurz überlegen, also, hm, ein klares 'Ja' das kann ich durchaus vertreten." Kleine Schalk-Fünkchen tanzten in seinen Augen und mit einem warmen Lächeln, trennten sich ihre Wege. Sie holte ihr Gepäck, verschob den Mann in die Vergessen-Schublade und lief durch die Wohnung, inspizierte alles und freute sich, dass die Anzeige im Internet nicht zu viel versprochen hatte. Das auspacken verschob sie auf später, dass lief ihr nicht davon. Irgendwie lief Arbeit nie davon, blieb immer sehr geduldig wartend, artig liegen und egal wie sehr man sich auch bemüht, dass ignorieren klappte auch nicht wirklich lange, stellte sie gedanklich fest. Bevor sie dem theatralisch dramatischem Hungertod erlag, kramte sie in ihrer Tasche nach dem belegtem Brötchen, dass sie zusammen mit der Trinkflasche auf einem Rastplatz erstanden hatte, nahm auch ihr Strickzeug gleich mit und setzte sich in den Liegestuhl auf dem Balkon. Der Sonne war es wohl zu warm auf diesem Balkon, großzügig hatte sie gutmütig schon mal das Feld geräumt für den Liegestuhl, der seinen Schattenplatz genoss und sie genoss beides, Schatten und Liegestuhl. Eine Weile hing sie ihren Gedanken nach, aß genüsslich das Brötchen, trank die Flasche leer und strickte an dem bereits angefangenen

Socken in einem sattem wundervollem Blau.

„Dieses atemberaubende Blau, dieses satte tiefgründige Blau des Meeres, welches gleich Fernweh zaubert und das Gefühl von Freiheit vermittelt, welches das zu Hause von jenem Octopus ist, der im Riff wohnt und durch seinen Heimvorteil, schließlich ist das Wasser sein Element, immer das Wettschwimmen gegen mich gewinnt. Der Gedanke zaubert mir immer wieder ein Lächeln zwischen meine Mundwinkel."
- Eine kleine Anmerkung von mir -

Der kleine Imbiss und die kurze Pause auf dem Balkon taten gut.

Entspannt startete sie mit neuem Tatendrang. Das Auspacken ging leicht von der Hand. In Jeans, T-Shirt, Turnschuhen und ihrem Basecap ging sie die Straße runter bis zum Laden um Lebensmittel einzukaufen. Ihr Blick strich über die Umgebung. Zu dieser Zeit war nicht viel los, nur ein paar Mütter mit ihren Kindern, standen plaudernd zusammen am angrenzenden Park, am Rand eines Spielplatzes wo die Kleinen spielten. Fast jeden Tag erschien ein Mann, der auf dem Parkplatz umher lief und nach Pfandflaschen in den Mülltonnen suchte. Sie genoss die schöne Umgebung, ging in den Park, ließ sich auf einer Parkbank nieder und schaute den Enten beim Federn einfetten zu. Lauschte dem Geschnatter und beobachtete die Kinder auf dem Spielplatz. Dann betrat sie mit weiteren Kunden den Laden, bei einer Kundin schmunzelte sie darüber, dass diese ein Basecap tief ins Gesicht gezogen und die Hände ganz tief in den Jackentaschen versteckt hatte, es schien als ob sie trotz der Wärme frieren würde. Der Laden wirkte fein und sauber auf sie, war bis auf ein paar Kunden fast gänzlich leer, lediglich eine Kasse war besetzt an der ein paar Kunden anstanden. Beschwingt, ohne Gedränge in den Gängen, erledigte sie ihren Einkauf. Sie freute sich, dass sie an der Kasse nicht warten brauchte, bezahlte und verließ rasch den Laden. Die Frau mit dem tief ins Gesicht gezogenen Basecap legte ihre Ware auf das Band und just in dem Moment, als sie gerade an der Kasse bezahlen wollte, hielt sie inne, gleichwohl mitten in der Bewegung erstarrte sie. Auch die Kassiererin bewegte sich nicht. Es war unschwer zu erraten, dass ihr Puls raste, ihre Gedanken sich überschlugen, dass sie völlig ungläubig die Waffe registrierte, ihr Blick an der Waffe entlang über die Hand, den Arm hoch bis hin zum Gesicht wanderte, an der Maske und den Augen dahinter hängen blieb. Sie fühlte sich bestimmt als ein Kaninchen, welches wie hypnotisiert die Schlange anstarrt. Sie bewegte sich noch immer nicht, traute kaum zu atmen. Jeder konnte spüren wie die Angst langsam an ihr hoch kroch, sie gefangen nahm, ihr Magen sich zusammen krampfte, das Denken sich in ihrem Kopf verknotete und in den Standby-Modus schaltete. Mit der Waffe, ohne ein Wort zu sagen, agierte die Maske, forderte die Kassiererin mit eindeutigen Zeichen auf, den Kasseninhalt in den Beutel zu legen. Erst als die Maske nach der Frau griff, sie am Arm heftig zu sich zerrte, die Waffe direkt an ihren Kopf hielt, legte die Kassiererin mit zitternden Fingern das Geld in den Beutel. Der Spuk dauerte nur ein paar Minuten, in Bezug auf sichtbare, körperlich greifbare Todesangst war es eine gefühlte Ewigkeit. Doch es sollte lange noch nicht, am Ende des Tunnels, das Licht zu sehen sein für die Frau mit dem Basecap. Die Maske griff den Beutel mit dem Geld und riss die Frau mit sich, als lebende Versicherung, damit die Flucht ungehindert gelang und dirigierte die Frau grob ins Auto einzusteigen, was irgendwie hölzern, ferngesteuert wirkte, ganz so als sei sie eine Marionette. Mit langer Nase wäre sie die weibliche Form von Pinocchio gewesen. Mit dem Auto raste die Maske wie gestört ohne Rücksicht auf irgendwen oder irgendetwas davon. Kopfschüttelnd schauten ein paar Leute hinter dem Fahrzeug her und als das Auto vom Parkplatz bog, aus dem Blickwinkel verschwunden war, waren auch die Gedanken schon wieder mit Anderem beschäftigt. Der Marktleiter hatte bereits die Polizei verständigt und registrierte nun erleichtert, das lauter werdende Signalhorn der Polizeifahrzeuge. Er ging den

Polizisten entgegen, sprach mit ihnen, dem eingetroffenem Kommissar erzählte er, dass er in seinem Büro einige Telefonate tätigte, dadurch nichts bemerkt nichts gesehen und explizit erst von seinen Mitarbeitern, von dem Überfall erfahren hatte. Auch der Notarzt war bereits verständigt, weil es der offensichtlich unter Schock stehenden Kassiererin überhaupt nicht gut ging. Sie war weißer als es eine frisch weiß gestrichene Wand sein könnte, zitterte noch immer, wie bei zehn Grad minus, die Nacht im Pyjama in der Hängematte verbracht zu haben und eine Aussage von ihr war zur Zeit eher unmöglich. Was vielleicht noch schlimmer ins Gewicht fiel, war die Tatsache, dass die Maske die Frau als

Geisel hatte. Der Kommissar schaute sich am Tatort um und verständigte die Kollegen von der Spurensicherung, die zeitnah eintrafen und umgehend mit ihrer Arbeit begannen. Die Videoaufzeichnungen die den Kassenbereich betrafen, wurden gleich vor Ort durchgeschaut und gingen mit zur Auswertung. Leider waren die Frauen nicht zu erkennen. Die Erste kam ihm bekannt vor, aber die Basecap verhinderte den Blick ins Gesicht. Das Woher lag noch versteckt unter einem weißen Schleier tief unten im Unterbewusstsein. Von eventuellen Zeugen, auch von den Müttern am Rande des Spielplatzes wurden die Personalien aufgenommen und würden später im Büro befragt. Anscheinend hatte niemand etwas beobachtet. Immer wieder schwappte die Frage in ihm hoch, wer diese Frau war. Hier war sie unbekannt, hatte sie bis heute noch niemand gesehen. Mehr als zwei Stunden waren mittlerweile vergangen und er hatte nichts, weder die leiseste Ahnung, noch den kleinsten Hinweis, an eine heiße Spur war überhaupt nicht zu denken, nicht mal im Ansatz. Die Wahrscheinlichkeit, dass ihm glühende Perseiden direkt vor die Füße fielen, war momentan weitaus wahrscheinlicher. Er fuhr grummelnd zurück in sein Büro. Seine Kollegen arbeiteten bereits daran, routiniert wie immer, auf sie konnte er sich mit schlafwandlerischer Sicherheit verlassen und auch er widmete sich konzentriert seiner Arbeit. Es gab verschiedene Möglichkeiten wo das Auto lang gefahren sein könnte, als es den Parkplatz verließ. Die Frage war, welche dieser Möglichkeiten wurde genutzt. So früh am Tage war noch nicht viel Bargeld in der Kasse und die meisten zahlten eh mit Karte, also war die Chance zu diesem Zeitpunkt an viel Geld zu kommen eher gering. Die Maske war wohl clever genug um zu wissen, dass die Flucht um diese Zeit am einfachsten glückte. Wieder dachte er an die Geisel. Wer war die Frau? Wie passte die Frau in dieses Bild? War sie Mittäterin oder Zufallsopfer? Zum besseren Denken brauchte er einen Kaffee. Er hatte gerade den Kaffee auf seinem Tisch abgestellt, da klingelte das

Telefon und ein Kollege erklärte, dass es augenscheinlich einen ersten Hinweis gab, denn auf dem einen möglichen Fluchtweg war umgangssprachlich eine Radarfalle installiert. Die Maske hatte diesen Weg gewählt und das Gerät ausgelöst, das entsprechende Foto kam per Email. Er betrachtete das Foto eingehend, zoomte rein und raus. Seine anfängliche Euphorie bekam einen herben Dämpfer verpasst, weil auf dem Foto konnte man zwar das Kennzeichen sehen, aber das Auto war bereits am frühen Morgen als gestohlen gemeldet, was er der Info aus der Email entnahm und die Maske war auch nicht abgelegt worden. Die Maske wusste, von dem Radargerät, hat erst danach die

Maske abgenommen. Was auch bedeutete, dass die Frau das Gesicht wieder erkennt und auch gleichzeitig, dass es sie noch mehr in Gefahr brachte, falls sie tatsächlich eine Geisel war. Wenn die Maske nur ungehindert flüchten wollte, dann könnte die Frau, vorausgesetzt sie war nur das Zufallsopfer, wieder frei sein. Die Frage war, wo sollte er mit dem Suchen anfangen, wo die Frau als auch die Maske finden. Er fühlte sich, wie der Mann, der sich mit der Kreissäge in die Hand sägt und nun herauszufinden versucht, welcher Zahn vom Kreissägeblatt ihn erwischt hat, um diesen Zacken raus zu brechen, damit es nicht erneut passiert. Er nahm einen großen Schluck aus seinem Kaffee-

Becher, der Inhalt war schon stark unterkühlt, was er nicht wirklich registrierte und starrte vor sich hin. Dann stand er auf, lief wie ein gefangener Tiger im Käfig hin und her, er allerdings in seinem Büro, was in gewisser Weise fast wie ein Käfig war, gedanklich betrachtet. Sein Blick streifte über das Bild an der Wand, ein abstrakter seitlicher Katzenkopf. Das Auge sehr ausdrucksstark, schien ihn mitleidig zu beobachten. Sein Denken war zum Zerreißen angespannt. Seine Gedanken liefen extrem hochtourig. Wäre er ein Auto würde jeder das getunte Geräusch hören können. Ein Gedanke kitzelte seine Synapsen, vielleicht hatte sie mit Karte bezahlt, das wäre mal was Positives und ihre Identität konnte geklärt werden. Also griff er zum Telefon, informierte die Kollegen am Tatort damit sie den Marktleiter befragten und der entsprechend agieren konnte. Kurze Zeit später kam die Rückmeldung, dass keine Karte zum Bezahlen verwendet wurde. Es wäre auch zu einfach gewesen, haderte er grummelnd in sich hinein. Er ging zu der Geländekarte an der Wand, studierte die möglichen in Frage kommenden Fluchtwege und konzentrierte sich auf den mit der Radarfalle. Die Strecke führte durch einen Wald weiter durch offenes Gelände, sprich entlang an einer Bahnstrecke, an den Wiesen und Feldern, vorbei an einer Auffahrt, ein so genannter Autobahnzubringer der mündete nach fünf Kilometern im weiteren

Verlauf in einem Autobahnkreuz, das den Verkehr in alle vier Richtungen verteilte. Die Maske konnte überall sein. Trotz sofortiger Fahndung nach dem Fahrzeug, trotz Straßensperren. Er war am Verzweifeln, das grenzte an Zauberei, es war wie verhext, dachte er grimmig. Trotzdem stahl sich ein Lächeln in seine Gesichtsszüge, weil ihm ganz spontan Bibi Blocksberg, die kleine Hexe einfiel. Wobei, genau betrachtet, er sich lieber an Fakten hielt, als an Zauberei zu glauben. In ihm keimte es als winziges Samenkörnchen, dann entwickelte sich ein zartes Pflänzchen und schon war eine völlig absurde Idee geboren und spukte durch seine Gedanken. Ließ ihn einfach nicht los. Was wäre denn, wenn die Maske den

Wald gar nicht verlassen hatte? Womöglich sich dort verkrochen hat und erst später von dort startet? So lange würden auch die Straßensperren nicht bleiben. Er musste zügig handeln, denn der Tag war weit voran geschritten. Er telefonierte mit verschiedenen Kollegen und Vorgesetzten und dann rückte eine Hundestaffel aus, die den Wald durchkämmte. Quasi wurde jeder Grashalm rauf und runter beschnüffelt, jeder Stein einzeln umgedreht, jeder Baum an die Seite geschoben und wieder auf den alten Platz gestellt. Wie riesig war eigentlich dieser Dschungel, der aus stark holzhaltigem Grünzeug bestand, philosophierte der Kommissar und wollte gar nicht ernsthaft darüber nachdenken. Es dauerte schon Stunden, langsam wurde es dunkel und die Dunkelheit war kein Freund der Polizei. Dann müsste die Suche abgebrochen werden. Er schickte seit dem Mittag nicht das erste Stoßgebet gen Himmel. Der Draht zum Himmel schien zu funktionieren, ein Engel musste ihn gehört und ein Einsehen mit ihm haben, denn einer der Hunde gab Laut, etwas gefunden haben. Der Kommissar eilte zu der Stelle und was er sah war nichts, also rein gar nichts, so überhaupt gar nichts. Doch der Hund ließ sich nicht beirren und sein Hundeführer bestätigte, wenn er Laut gibt, hat er was gefunden. Ergo musste schon eine ganz feine Nase, super Ohren und Adler-Augen her, mindestens also ein Hund, um es zu entdecken. Der Hund hatte das Fahrzeug im dichten Buschwerk gefunden, zusätzlich gut getarnt mit einem Militärtarnnetz, was auch nicht vom Hubschrauber aus sofort entdeckt werden konnte. Wie gesagt, ein Adlerauge hätte es bestimmt locker bemerkt. Aber was könnte ein Adler schon mit einem Auto anfangen. Die Hundestaffel wurde nicht mehr vor Ort benötigt. Die Kollegen von der Spurensicherung waren wieder gefragt, sicherten Spuren und durchsuchten das Fahrzeug. Nichts deutete auf den Verbleib der Frau hin. Die Spurensicherung wertete noch die Spuren aus, sofern es überhaupt welche zum Auswerten gab. Seine Kollegen in der Dienststelle waren schon mit den aller ersten Befragungen beschäftigt, nur die bisherigen Ergebnisse sahen spärlich aus. Keiner schien etwas gesehen oder gehört zu haben. Die Uhr tickte gnadenlos und die Zeit joggte ihnen lässig locker davon und er konnte zur Zeit nichts tun. Morgen waren die nächsten Befragungen und er hoffte inständig auf bessere Ergebnisse. Am frühen Nachmittag des nächsten Tages erschien eine Frau mit ihrem Kind, welches etwa zwölf Jahre alt war, auf der Dienststelle. Auch sie war auf dem Parkplatz gewesen. Der Kommissar stellte der Mutter etliche Fragen und das Kind schaute sich um und blieb wie gebannt am PC kleben. Fasziniert betrachtete das Kind das Radarfoto was noch geöffnet war und die Maske zeigte. Die Frau konnte nicht wirklich viel beitragen, war durch ihren Einkauf genug abgelenkt. Lediglich das rasante davon fahren sei ihr aufgefallen und das Auto was sie annähernd beschrieb war logischerweise das vom Foto. Damit war die Befragung für sie auch schon beendet und sie verließ mit ihrem Kind das Büro. So oder so ähnlich verliefen auch die weiteren Befragungen der anderen Zeugen. Die Zeugenaussagen dauerten, zogen sich hin und die Zeit spielte, wie bei einem Tennismatch, im gegnerischen Team, ergo natürlich erfolgreich. Trotz aller Rückhandschläge kämpfte er fest entschlossen, das Match gegen die Zeit zu gewinnen. Es klopfte und eine Frau kam herein. Sie war eine der

Mütter vom Spielplatz und auch sie sagte aus, dass sie nichts gesehen hat, außer dass das Auto völlig gestört vom Parkplatz gerast sei, sie sich nicht wirklich mit den Modellen auskannte. Ganz unvermittelt fügte sie hinzu, dass der Mann, der die Flaschen gesammelt hat, weitaus dichter war und sicherlich eher etwas gesehen haben könnte. Er bedankte sich für die Aussage. Als die Frau sein Büro verlassen hatte, fragte er gleich bei den Kollegen nach, aber nirgends war dieser Mann erwähnt. Zwei Kollegen fuhren zum Marktleiter und erkundigten sich bei ihm nach diesem Mann. Sie erfuhren, dass ihn namentlich keiner kannte, aber er täglich immer um dieselbe Zeit über den Parkplatz streift und nach

Pfandflaschen sucht. Heute war er schon bis ganz am Ende des Parkplatzes und sicherlich in ein paar Minuten fort. Die Polizisten beeilten sich den Mann noch einzuholen und konnten ihn befragen. Aber auch von ihm bekamen sie keine weiteren Informationen, weil er nichts genaues gesehen hatte oder besser formuliert nicht sehen konnte durch sein Augenleiden. Nur das gestörte davon fahren ist auch ihm aufgefallen, weil die Ohren besser funktionierten. Also brauchten bzw. konnten sie ihn nicht weiter befragen. In der Dienststelle brauchte der Kommissar dringend eine Pause und war im Begriff die Kantine aufzusuchen, als es an der Tür klopfte und ein Kollege ihm erklärte, dass das Kind, was er jetzt in den Raum schob, explizit nach ihm gefragt hat und nur mit ihm sprechen würde. Der Kommissar musterte das Kind und einen Seufzer unterdrückend sagte er, dass das schon in Ordnung ist. Damit waren die beiden allein im Büro. Der Kommissar deutete auf einen Stuhl vor seinem Schreibtisch und fragte, was es so Wichtiges gab und ob die Eltern von dieser Aktion wissen, zumal die Mutter schon befragt worden war. Nein, es wusste keiner von diesem Besuch. Sollte auch keiner wissen, kam es trotzig, fast ein bisschen selbstbewusst und reichlich unsicher. Ein paar lange Sekunden überlegte das Kind, rang noch ein wenig mit sich und dann erzählte es drauf los. Anfänglich aufgeregt, leise, konfus und mit jedem weiteren Wort wurde die Stimme fester. Der Inhalt allerdings brachte den Kommissar zum Staunen bis beinahe zur Sprachlosigkeit hin. Das Kind sagte: "Ich habe vor drei Tagen die Schule geschwänzt, aber meine Mutter darf das nicht erfahren, weil ich dann bestimmt Ärger kriege. Sie petzen das doch nicht meiner Mutter?" Der Kommissar sagte, dass er dies nicht versprechen kann, aber er wird dafür sorgen, dass es keinen Ärger deswegen gibt, sofern das Schule-Schwänzen bei diesem einen Mal bleibt. Das Kind stimmte dem Deal zu, erleichtert dass der Kommissar nicht schon wetterte und erzählte: „Als ich das Bild auf dem PC gesehen hab, fiel es mir wieder ein. Ich bin mit dem

Fahrrad durch den Park gefahren und da hinten sind doch die neuen Häuser gebaut. Da habe ich eine Person gesehen, aus diesem einen Haus kommen mit der Holzfassade und da fiel die Maske runter, als das Auto zum Öffnen piepte. Die Maske wurde schnell aufgehoben und in den Kofferraum geworfen. Dann fuhr das Auto davon. Ich habe aber ganz genau gesehen, dass es diese Maske war. Da bin ich ganz sicher, weil sie so gruselig schön aussieht. Das Auto habe ich dann am Wald wieder gesehen, an dieser breiten Einfahrt in den Wald, wo diese Schranke ist. Aber nicht das auf dem Foto, das war ein anderes." Er konnte die Automarke und das Modell nennen. Leider nicht das

Kennzeichen. Der Kommissar bedankte sich für die Informationen und lobte das Kind, dass es den Mut hatte zu ihm zu kommen. Der Kollege brachte das Kind wieder nach draußen. Eine Weile blieb er am Schreibtisch sitzen und sortierte das Gehörte. War das der sehnlichst erhoffte erste Erfolg, ein Vorstoß in seinem Fall, ein kleiner Durchbruch? Bei einer Küche wäre das dann wohl die Durchreiche ins Esszimmer. Er schmunzelte über sein Wortspiel und war sich sicher, dass er unbedingt einen Kaffee und auch feste Nahrung bräuchte. Damit trug er die neuen Informationen auf direktem Weg, zu seinen Kollegen, wie beim Monopoly-Spiel, begebe dich direkt zu…., gehe nicht über Los, ziehe kein Geld ein, in diesem Fall gehe nicht zur Kantine und hole keinen Kaffee. Die Nachricht schlug ein wie ein Silvester-Feuerwerk, sehr laut, bunt, groß, atemberaubend. Die weitere Vorgehensweise wurde diskutiert, mit neuer Hoffnung auf baldige, weitere Erfolge. Zwei Zivilstreifen fuhren in das Neubaugebiet zu der vom Kind beschriebenen Adresse und observierten das Haus. Aus dem Nichts gab sein Unterbewusstsein die Information von der Frau frei, die Erinnerung traf ihn unvorbereitet und die Erkenntnis, dass es sich um die Frau handelte, die den Schlüssel für die Ferienwohnung von ihm erhalten hatte, bereitete ihm erheblich Bauchgrummeln und das war eindeutig nicht wegen Hunger. Sie war ihm sympathisch, er hätte sie gern näher kennen gelernt. In seinem Beruf war das nicht einfach und nicht unbedingt von Erfolg gekrönt. Meistens scheiterte es allein daran simple Verabredungen einzuhalten wegen der Arbeitszeiten. Persönlich fuhr er zu der Wohnung und hoffte inständig, dass er sie antraf und sie nichts mit seinem Fall zu tun hatte. Natürlich war sie nicht in der Wohnung, womit sich vielleicht auch sein Wunsch nicht erfüllte. Er setzte sich in das Auto und wartete darauf, dass sie wieder kam, was seine Geduld schon etwas strapazierte auch wenn es ein schattiges Plätzchen war, heizte sich das Fahrzeug rasch auf und gefühlte Stunden später, hatte das ungeduldige Warten ein Ende. Er war durch und durch Realist, glaubte an Fakten und schickte trotzdem, wie so oft in den letzten Tagen, ein Stoßgebet gen Himmel, dass sie auf keinen Fall mit seinem Fall etwas zu tun hatte. Dann sah er sie, wie sie die Straße entlang ging. Entspannt, ohne Hektik, die Schritte der Wärme des Tages angepasst und dennoch grazil, wie Gazellen und geschmeidig wie eine Katze. So bewegt sich niemand der einen Überfall als Zufallsopfer mit erlebt hat oder als Mittäter involviert ist, das sagte seine Menschenkenntnis und jahrelange Berufserfahrung. Langsam stieg er aus, behielt sie im Blick und ging auf die Frau zu. Erstaunt und auch erfreut ihn zu sehen, blinzelte sie unter ihrer Basecap hervor, blickte ihm neugierig entgegen. Er sprach sie an und erklärte dass er der ermittelnde Kommissar ist und ihre Aussage, als Zeugin bräuchte wegen dem Überfall auf den Supermarkt. Ihr Blick und ihre Haltung blieben entspannt offen, als sie sagte, dass sie auch gleich mit ihm zur Dienststelle fahren könnte. Im Büro betonte sie, das sie gar nichts davon mitbekommen hatte, weil sie unmittelbar vorher schon den Laden verlassen hatte. Vielleicht hatte dieser Mann, der auf dem Parkplatz die Flaschen sammelte etwas gesehen. Das einzige was auf sie im Nachhinein betrachtet, ungewöhnlich wirkte, war die Frau über die sie schmunzeln musste, weil diese ein Basecap tief ins Gesicht gezogen und die Hände fast bis zu den Ellenbogen in den Jackentaschen versteckt hatte und dadurch der Eindruck entstand, als ob sie trotz der Wärme frieren würde. Der Kommissar pflichtete ihr in Gedanken bei, mit dem Überfall als Hintergrundwissen mutete das Verhalten in der Tat recht eigenwillig an. Damit war auch die Befragung ohne neue Erkenntnis beendet. Zu seinem Bedauern wollte die Frau nicht von ihm zurückgefahren werden, er hätte ihre Nähe gern noch genossen. Sie war schon einige Zeit nicht mehr in seinem Büro aber er schmeckte noch immer ihren feinen Duft, was ihn an der Nase kitzelte und verwegen mit seinem Blutdruck spielte und den Puls zur Höchstleistung vorwärts peitschte. Für einen Moment schaute er versonnen aus dem Fenster und als Grashüpfer verkleidet, hüpfte ein Lächeln von seinen Lippen bis in seine Augen. Dann hörte er direkt vor dem Gebäude, hysterische Schreie, einen dumpfen Knall, quietschende Reifen und dann Stille. Diese Art von Stille, die nichts Gutes erahnen lässt. Er ging zum Fenster und augenblicklich hatte er Eiswürfel in den Adern anstelle von Blut. Er stürzte aus dem Gebäude, glaubte den Krankenwagen zu hören, Wortfetzen drangen an sein Ohr, alles wie in Watte gepackt, drang es zeitverzögert in seine Gedanken. Er sah wie Kollegen hin zur Unfallstelle liefen, sich um die Frau bemühten, registrierte Kollegen, die sich den Zeugen widmeten. An der Unfallstelle kniete er sich neben die dort liegende Frau, mit verschreckten Augen schaute sie ihn ängstlich an. Todesangst war ihr ins bleiche Gesicht gemeißelt und erinnerte ihn an eine Marmor-Skulptur. Er nahm ihre kalte Hand, spürte deutlich ihr Zittern, sprach leise mit ihr, dass alles gut wird, der Krankenwagen schon gleich da sein wird. Sehr, sehr erleichtert darüber, das sie lebte und weil es der Frau, zumindest augenscheinlich gut ging, schließlich war er kein Arzt um das genau zu beurteilen. Vorsichtig drückte er ihre Hand, sie schloss die Augen. Er merkte, dass sie reden wollte und ihr das Sprechen schwer fiel, monoton leise mit Pausen brachte sie hervor, dass sie die Straße überquerte, als das Auto aus der Parkbucht schoss und sie einfach umgerissen hat, kurz stoppte und dann davon preschte. Wie durchgehende Pferde kam es ihm in den Sinn. Nach einer gefühlten längeren Pause beschrieb sie das Auto. Er musste sich dicht über sie beugen und konzentriert zuhören was sie flüsterte, die Worte hauchte sie sacht, wie das leise sanfte Wispern eines Windhauchs. Die ganze Zeit hielt er ihre Hand sanft und doch fest umschlossen. Ein Gefühl wie pures Adrenalin tobte in seinen Adern zusätzlich zu seinen Eiskristallen im Blut, er fror plötzlich, hatte Angst um sie. Der Notarzt und die Sanitäter schoben ihn zur Seite, versorgten sie. Ängstlich klammerte sich ihr Blick an ihn. Er strich noch einmal über ihre Hand, versuchte ihr Zuversicht zu vermitteln und versprach so bald wie möglich zu ihr zu kommen. Dann schlossen sie die Türen vom Krankenwagen und die Sanitäter brachten sie ins Hospital. Er ging wie betäubt zurück in sein Büro. Saß erstarrt am Schreibtisch, sortierte noch das Gehörte, machte sich kantig, mechanisch Notizen und sortierte auch seine Gedanken, soweit denken möglich war. Es war Fahrerflucht, ganz eindeutig. Er wehrte sich gegen den Gedanken, dass sie auch hätte tot sein können. Aber warum wurde sie gezielt angefahren? Verdammt, was war das für eine verkorkste Woche? Eine Woche zum in die Tonne treten, abdichten, versiegeln und in einem tiefen Loch Verbuddeln, grummelte er in sich hinein. Wenn er jetzt schreiend durch den Wald laufen würde, würden die Bäume erschreckt rechts und links zur Seite springen. Ein Gedanke spukte energisch durch seinen Kopf, setzte sich arrogant im Denken in die erste Reihe, als ob er im Kino saß. Statt Werbung lief ein anderer Kurzfilm: Konnte es sein, dass diese beiden Fälle, wie in der Mathematik einen gemeinsamen Nenner haben? Wenn ja welchen? Er ging noch einmal ihre gewisperten Sätze durch. Die Erleuchtung servierte ihm eine Teilantwort auf dem Silbertablett in Form von diesen kleinen Appetithäppchen die es bei Empfängen immer gibt. Er schaute auf seine Notizen und dann fiel ihm etwas auf. Die Beschreibung des Fahrzeugs, meinte er, stimmte mit der Aussage des Kindes überein. Er überprüfte die Aussagen und das Ergebnis war irgendwie anders als erwartet. Es waren zwei ganz unterschiedliche Fahrzeuge. Lediglich das Fabrikat war gleich. Die Modelle stimmten nicht überein, quasi der kleine bzw. große Bruder des anderen, je nach Blickwinkel des Betrachters. Aber wo war die Verbindung. Sie verbrachte ihren Urlaub hier und kannte Niemanden im Ort. Für ihn ergab das alles irgendwie keinen Sinn. Hätte der Unfall verhindert werden können? Trug er mit Schuld daran? Einen gezielten Anschlag hätte er nicht verhindern können, zumal kein erkennbares Motiv darauf hindeutete. Seine Kollegen hatten etwas mehr Glück mit dem Observieren. Ein Auto fuhr gerade in die Hofeinfahrt des

Hauses und parkte in der Garage. Die Frau die ausstieg ging direkt ins Haus. Kurze Zeit später bog dass beschriebene Auto in die Hofeinfahrt. Der Zugriff war so überraschend, blitzartig wie ein Blitz aus heiterem Himmel, dass für eine etwaige Gegenwehr nicht mal eine Millisekunde Reaktionszeit blieb. Die Maske war so unvorsichtig, die Waffe und die Maske im Handschuhfach des Autos liegen zu lassen. Die Frau befand sich im Haus und wie sich herausstellte, war sie kein Zufallsopfer, sondern Mittäterin, das war so klar wie ein Glas Sprudelwasser. Die Maske und die Komplizin wurden in die Dienststelle gebracht und sollten von den Kollegen befragt werden. Der Kommissar war auf dem Weg zum Auto, wollte die Frau im Krankenhaus aufsuchen. Als er sein Büro verließ, blinzelte er irritiert ein paar mal, nur um sicher zu gehen, dass es keine Fata Morgana war. Die Frau in Handschellen stand nur etwa 10 Meter von ihm entfernt und sie sah dem Unfallopfer zum Verwechseln ähnlich. Er schaute sie an, als wären Atlantis gerade wieder aufgetaucht. Dringend musste er mit der Frau im Hospital reden. Er kam sich vor wie eine Rennschnecke auf der Flucht vor Fressfeinden. Je länger der Fall dauerte desto verworrener wurde der Fall und mutierte mit dem Unfall der Frau zum Gordischen Knoten. Er eilte ins Hospital, brauchte unbedingt Antworten auf die vielen Fragen, die sich neu ergeben hatten und hoffte sie könnte ihm wenigstens diese eine wichtige Antwort geben, sie brannte ihm regelrecht auf der Seele, was es mit der Doppelgängerin auf sich hatte. Auf der Station sprach er mit der Krankenschwester und erfuhr, dass sie unglaubliches Glück gehabt hatte. Bis auf eine leichte Gehirnerschütterung gab es keine inneren Verletzungen, aber reichlich Prellungen und Schürfwunden, sie brauchte Ruhe und für die nächsten zwei Tage wird sie zur Beobachtung da behalten. Als er ihr Zimmer betrat, hatte sie die Augen geschlossen. Leise setze er sich auf den freien Stuhl an ihrem Bett, sie atmete gleichmäßig ruhig und er beobachte das Heben und das Senken der Bettdecke, bis sie die Augen öffnete. Die Erleichterung explodierte laut in seinem Kopf wie unterirdische Sprengungen in einem Salzbergwerk, so empfand er das Beben. Leise fragte er wie es ihr geht. Sie versuchte ein Lächeln und flüsterte genauso leise: „Wie sich so ein Flussaufwärts schwimmender Lachs nach dem Wrestling mit einem Grizzly halt so fühlt." Er lächelte über den Scherz. Sie sah erneut in seinen wachen Augen die Neugier auf das Leben aufblitzten und dieses feine, leicht ironisch wirkende Lächeln spielte auch jetzt um seine Lippen. Vorsichtig legte er ihre Hand in seine und hielt sie sanft umschlossen. Es entstand eine verbale Pause, was beide nicht als unangenehm empfanden. In diese Stille fragte er ob sie ein

Zwilling wäre. Erstaunt sagte sie, sie sei ein Einzelkind. Daraufhin erzählte er von dieser Frau die ihr zum verwechseln ähnelte und im selben Alter war. Ihr ist auch von anderen Verwandten nichts bekannt und von der Existenz dieses Ortes weiß sie erst seit der Buchung ihrer Ferienwohnung, erklärte sie sehr beunruhigt und fragte ihn, was das alles zu bedeuten hätte. Genau dies herauszufinden, versprach er ihr, stand auf, reichte ihr seine Karte, schaute sie mit einem warmen Lächeln intensiv an, dabei tanzten diese kleinen Schalk-Fünkchen in seinen Augen, wie endlos viele Glühwürmchen: „Ich muss gehen. Die Rückseite der Karte ist interessanter als die Vorderseite." „Kommen Sie wieder?" „So bald wie möglich komme ich wieder, versprochen. Bis dahin ruhen Sie sich ordentlich aus und schön an die Anweisungen der Ärzte und Schwestern halten." An der Tür drehte er sich um, nickte noch einmal, zwinkerte ihr zu, schloss leise die Tür. Sie war wieder allein und drehte die Visiten-Karte um, was sie las zauberte ihr ein leises Lächeln. Nachdenklich ging er den Flur entlang zum Ausgang. Bei der Krankenschwester gab er die Anweisung, dass die Frau auf keinen Fall Besuch haben darf. Falls jemand nach ihr fragt, sollte er umgehend darüber informiert werden. Sein Unterbewusstsein rumorte und seine Erfahrung sagte, dass es sicher einen gemeinsamen Nenner gab. Eilig fuhr er zurück zur Dienststelle. Fragte nach Ergebnissen. Ein

Kollege klärte ihn über den neuesten Stand der Ermittlungen auf. Ein paar Sekunden brauchte das Gehörte um bis in die kleinste Gedankenzelle zu sickern. Die Indizien sprachen eine deutliche Sprache und die beiden Verhafteten waren schlau genug nach einem Anwalt zu fragen, aber dumm genug einen Überfall zu starten und die Beute im Auto unter der Rückbank zu verstecken. Dieser Fall war fast abgeschlossen. Jetzt brauchte er nur noch Antworten zu diesem seltsamen Unfall. Sein Telefon summte. Er schaute nach und schmunzelte als er sah, dass sie ihm geschrieben hatte. Er sog die Worte auf, inhalierte jeden einzelnen Buchstaben. Was sie schrieb war für ihn ein Feuerwerk an Poesie. Sein Lächeln strahlte, wie eine Leuchtrakete, die die Dunkelheit leuchtend hell durchbricht. In Gedanken sah er sie und streichelte zart ihr Gesicht. Die Spurensicherung war fleißig und die ersten Ergebnisse wurden ihm mitgeteilt. Allerdings hatten sie etwas Merkwürdiges entdeckt. Das Fahrzeug gehörte der Komplizin, hatte erst kürzlich einen Unfall und die Spuren passten eindeutig zu den Unfallspuren von der Frau im Krankenhaus. Wo war das Motiv? Er ließ die Mittäterin ins Verhörzimmer bringen und stellte ihr Fragen zu den Unfallschäden an ihrem Fahrzeug und sagte, dass er ihr beweisen kann, dass mit ihrem Fahrzeug die Frau angefahren wurde. Das Motiv aber wollte er von ihr wissen. Was er dann hörte, verursachte bei ihm bodenlose schiere freche atemlose Sprachlosigkeit. Das war so utopisch, als ob ein Alien mit seinem Spaceshuttle auf dem Vorplatz landet und nach einem Euro für die Parkuhr fragt. Die Frau hielt den Kopf gesenkt und erzählte ihre Geschichte. Er unterbrach sie nicht einmal, hörte einfach nur zu. „Ich bin als uneheliches Kind geboren, bei meiner Mutter aufgewachsen. Immer wieder fragte ich sie nach meinem Vater, aber meine Mutter hat es nie preisgegeben. Nachdem meine Mutter starb hab ich in ihren Unterlagen den Namen meines Vaters gefunden und auch die alten Belege der Unterhaltszahlungen für mich. Finanziell ging es meistens nicht so gut. Auf vieles mussten wir verzichten, obwohl meine Mutter auch stets gearbeitet hatte, aber es reichte nicht jeden Monat bis Ultimo. Hungern brauchte ich nicht, aber Extras waren eben auch nicht möglich. In der Schule war ich fast immer ausgegrenzt oder wurde gehänselt. Nach dem Tod meiner Mutter, habe ich mit meiner Tante, ihrer Schwester darüber gesprochen und sie hat mir gesagt, dass sie mir nichts sagen durfte. Nun aber ist die Sache durch den Tod meiner Mutter eine andere. Sie sagte mir, dass mein Vater sowohl mit meiner Mutter als auch mit einer anderen Frau zur gleichen Zeit ein Kind gezeugt hat und sich für die andere Frau und sein Kind entschieden hat und nur finanziell für mich aufkam, nichts weiter mit meiner Mutter und mir zu tun haben wollte. Das hat mich so sehr verletzt und ich wollte unbedingt wissen wie er aussieht und wie er lebt. Da ich jetzt den Namen kannte, hab ich ihn gesucht und so gar gefunden. Ich nahm mir drei Tage Urlaub, wollte mit ihm reden, ihn kennenlernen. Aber auch jetzt wollte er nichts mit mir zu tun haben und hat mich weggeschickt. Ich bin auch deine Tochter habe ich ihm gesagt und er hat nur gemeint: „na und mehr auch nicht." Ich sollte ihn in Ruhe lassen und nicht seine Familie zerstören, sonst geht er zur Polizei und das hätte dann Konsequenzen für mich. Ich war so enttäuscht und so wütend. Dann hab ich das Haus beobachtet und bin ihm gefolgt.

Er fuhr zu seiner anderen Tochter. Ich habe gesehen wie liebevoll er sie umarmt hat. Wie zärtlich sein Blick sie gestreichelt hat. Ich war so verletzt, so wütend auf ihn. Ich wollte am nächsten Tag mit ihr reden, ihr sagen, wer ich bin, wie mies der Vater mich behandelt und bin zu dem Haus gefahren wo sie wohnt. Da kam sie gerade mit dem Koffer aus dem Haus und ich konnte hören, dass sie der Nachbarin erzählte, dass ihr Urlaub losgeht. Also bin ich ihr nachgefahren. Der totale surreale Zufall, ausgerechnet in meinem Wohnort, da wohne ich erst seit vier Wochen, hat sie die Wohnung gebucht. Ich hatte gesehen, wo sie den Urlaub verbringen wird und bin nach Hause gefahren. Ich war total durch einander, wusste nicht was ich denken sollte. Dann habe ich sie zufällig wieder gesehen beim Einkaufen. Als ich dann erneut mit ihr reden wollte, habe ich gesehen, dass sie in das Auto einstieg, bin ihr gefolgt und als ich gesehen habe, dass sie zur Polizei gefahren ist, habe ich gedacht, dass Reden sinnlos ist und wollte sie überfahren. Aber sie ist irgendwie doch meine Schwester. Ich hab es dann doch nicht gekonnt." Erschöpft sackte sie in sich zusammen, sagte keinen Ton mehr. Der Kommissar hatte vieles erlebt. Nur diese Art einer so unglaublich traurigen Geschichte kannte er noch nicht. Er ließ die Mittäterin wieder in die Zelle bringen. Eine Weile saß er an seinem Schreibtisch, gedankenverloren. Er konnte die Akten vorerst schließen. Sein Team hatte excellente Arbeit geleistet. Beide Fälle waren geklärt, den weiteren Verlauf entschieden andere Personen. Er dachte an die Frau im Krankenhaus und ein vorwitziger süßer Gedanke kitzelte energisch an seinen Gesichtszügen und ein Lächeln stahl sich kess und breit auf seine Lippen. Er musste ihr unbedingt persönlich dieses erschreckende dunkle Geheimnis und den Zusammenhang, der eigentlich keiner war, berichten. Einen kurzen Moment zögerte er noch und überlegte ob er besser erst morgen berichten sollte, fand aber, wenn sie heute die unsägliche Geschichte erfährt, könnte sie trotz allem besser schlafen als mit der Ungewissheit. Um seine Entscheidung zu bekräftigen nickt er bestätigend und machte sich auf den Weg ins Krankenhaus. Als er ihr Zimmer betrat, lag sie ganz ruhig im Bett und schaute gedankenverloren, scheinbar ins Leere, aus dem Fenster. Sie bemerkte erst, als er am Bett stand, dass jemand ins Zimmer gekommen war und erschreckt schaute sie ihn an. Ein paar Sekunden dauerte es bis der Schreck überwunden war. Er lächelte verlegen, beteuerte, dass er sie nicht erschrecken wollte und reichte ihr den bunten Strauß Blumen den er unterwegs für sie erstanden hatte. Dann erzählte er ihr die ganze leidige Geschichte der Doppelgängerin. Als er geendet hatte schwieg sie betroffen, mit einer breiten Schneise der Verwüstung auf emotionaler Ebene. In ihrer

Gefühlswelt herrschte totales Chaos. Auf der einen Seite, die Erkenntnis plötzlich eine Schwester zu haben, die sie nicht kannte, auf der anderen Seite, ihr Vater den sie zu kennen glaubte und der alle getäuscht hatte. Sein schlechtes Verhalten hatte sie beinahe das Leben gekostet. Das es so glimpflich ausgegangen ist, verdankte sie der hauchdünnen Einsicht dieser Frau, die ihre Schwester war. Ihr brummte der Kopf, ein ganzes Wespennest schwirrte darin umher. Abgesehen von den Kopfschmerzen die sie noch von dem Unfall hatte. Erleichtert, dass sie alles relativ heil überstanden hatte, kuschelte sie sich in das Kissen. Das Lächeln gelang schon viel besser und dass er ihre Hand in seiner hielt, kribbelte so schön auf ihrer Haut, rieselte zart darunter, prickelte bis in ihre Adern wie der Wasserdampf von einem aktivem schäumendem Geysir. Zärtlich streichelte sie sein Blick und ihr Blick sprach die gleiche Sprache, den gleichen Dialekt, den nur die beiden verstanden. Er beugte sich zu ihr, hauchte einen zarten Kuss auf ihre Wange und flüsterte: „Du bringst mein Herz, wie eine Gitarre zum Singen." Sie lächelte, drückte ihre Hand noch tiefer und fester in seine Hand. „Ich habe mit der Krankenschwester gesprochen, du darfst morgen nach Hause, wenn du dich weiterhin schonst und viel Ruhe hast. Wenn du magst, darf ich dich morgen abholen?" „Das ist eine sehr sehr gute Idee, ich würde mich freuen. Schließlich hatte ich einen Unfall und brauche dringend persönlichen Polizeischutz", neckte sie ihn provokant. „Also dann bis Morgen, schlaf gut." „Ja, du auch." Wie versprochen holte er sie ab und brachte sie in ihre Ferienwohnung. In der Küche setzte er Kaffee auf, den sie in der Wohnstube tranken. Ohne Übergang sagte sie: „Wenn der Prozess vorbei ist, werde ich mit beiden reden. Vielleicht ist mein Vater bereit zu verstehen, dass er zwei Töchter hat, auch wenn er versucht hat es zu verdrängen und vielleicht kann meine Schwester ihm verzeihen. Ich wünsche es mir." Ein seltsames eigenartiges warmes Gefühl flutete durch sie, kringelte sich im Bauch, bei dem Gedanken, dass sie eine Schwester hatte und ein versonnenes Lächeln huschte über ihr Gesicht, gleichwohl als wenn die dunkle Gewitter-Wolkendecke plötzlich aufbricht und die Sonne steht strahlend am Himmel. Er schmunzelte, hielt es für eine gute Idee, achtete darauf, dass sie bequem auf der Couch lag. Dann sagte er, dass er noch eine Kleinigkeit für sie hat und zauberte eine sehr kleine Papiertüte, mit einer Blume darauf aus seiner Hemdtasche und gab sie ihr. Überrascht lugte sie hinein und zog einen winzigen kleinen Schutzengel heraus. „Für alle Fälle, man weiß ja nie so genau", raunte er liebevoll leise in ihr Ohr. Genauso leise wisperte sie, wie ein zartes Blätterrascheln im Herbst: „Danke, sicher ist sicher" und mit Nachdruck kuschelte sie sich an ihn. „Kann ich dich allein lassen? Brauchst du noch etwas? Ist es bequem? Möchtest du hier liegen bleiben oder lieber im Bett ausruhen? Ich muss noch arbeiten. Allzu lange dauert es nicht. Vielleicht zwei Stunden dann schau ich wieder vorbei." „So viele Fragen kann ich gar nicht beantworten. Auf jeden Fall kann ich allein bleiben, Ich weiß nicht genau, bleibe auf der Couch und versuche zu schlafen." „Gut. Bis nachher." Ein gehauchter sanfter Kuss streifte ihre Stirn und ein liebevoller Blick streichelte über ihr Gesicht. Sie hatte ihm den Schlüssel mit gegeben. Leise und trotzdem besorgt schloss er die Tür hinter sich. Es half nichts, Arbeit ging eben vor. Da fiel ihm sein Versprechen ein. Er fuhr den kleinen Umweg um die Eltern zu informieren, dass er dem Kind versprochen hatte mit den Eltern zu reden, dammit es keinen Ärger bekommt. Die Mutter war bereits durch den Rektor informiert, dass ihr Kind den Ruf der Schule ignoriert hatte. Das Kind hatte berichtet was der Kommissar zum Schwänzen gesagt hat und beteuerte, dass es das befolgt. Im Hinblick auf den geklärten Überfall beließ die Mutter es dabei. Zurück in seinem Büro nahm er die Akte mit dem Fall zur Hand. Sein Telefon summte. Eine neue Nachricht hatte sie ihm geschrieben.

„Danke..."

„Lächel dich an."

„Lächel dich lieb an an an an"

„Danke ;) "

„Ich mag dein Lächeln :) "

Ein zärtliches Lächeln schlich sich in sein Gesicht, winkte mit einem unbefristetem Mietvertrag vor seiner Nase und nistete sich als Langzeitmieter ohne auf das Kleingedruckte zu achten, in seinen Mundwinkeln ein. Der Takt seines Herzschlages geriet durch einander und schon waren zwei Schläge zusätzlich da. Er arbeitete konzentriert, trotzdem seine Gedanken immer wieder davon flogen, im Sonnenschein tanzten und sich nur schwer wie Schmetterlinge einfangen ließen. Endlich war dieser Teil seiner Arbeit erledigt und zufrieden lehnte er sich in seinem Stuhl zurück. Mit ein paar schnellen Handgriffen räumte er seinen Schreibtisch auf. Sein Lächeln, ein gelebtes Gefühl, tanzte auf seinen Lippen drehte sich im Takt mit seinen Gedanken getragen von den Aufwinden seiner Phantasie. Er fühlte ihr Lächeln, freute sich auf ihre Nähe, ihr Duft schmeckte nach Neubeginn, ein verwegen leichtes Glücksgefühl trieb ihn voran. Beschwingt leichtfüßig eilte er hinaus zu seinem Auto. Atemlos berauschst trunken, von freudiger Sehnsucht, getrieben, drehte sich seine Welt langsam um sich selbst. Das Glück schenkte ihm einen Parkplatz direkt vor der Tür. Auf den Aufzug zu warten, dauerte ihm zu viel lange. Er nahm die Treppe, gleich zwei Stufen auf einmal und betrat leise die Wohnung, ging direkt in die Wohnstube. Sie schlief entspannt. Er schaute sie nur an, streichelte eine Haarsträhne aus ihrem Gesicht, hauchte einen Kuss auf ihre Wange und ein liebevolles Lächeln war ihre Antwort. Dieses nur für ihn atemberaubende süße magische Lächeln, das ihn wie elektrisiert blendete und ihm sein Denken ausknipste. Er setzte sich zu ihr auf die Couch, im Bauch dieses Pulsieren mit diesem verträumten Hochgefühl das alles sein kann. Er streichelte ihr Gesicht und sie kuschelte sich ganz fest an ihn.